江西省圖書館館藏古籍珍本叢書之四

陶靖節集

目録

序一……周和平
序二……郜海鐳
《陶靖節集》影印説明……本書編委會
陶靖節集

序一

自國務院《關於進一步加强古籍保護工作的意見》（國辦發〔二〇〇七〕六號）頒佈以來，古籍保護工作在全國範圍内順利開展起來。古籍保護工程、古籍普查、古籍人員培訓、「全國古籍重點保護單位」暨《國家珍貴古籍名録》的申報評審公佈、古籍善本再造，以及國家珍貴古籍特展、《中華古籍總目》的編纂，等等，各項古籍保護工作持續、穩步推進，作爲中華民族寶貴文化遺産的古籍得到了前所未有的有效保護，真可謂功在當代、利澤千秋。

古籍保護的目的是爲了更好地繼承和弘揚優秀的中華文明，是爲了更好地做到「古爲今用」，是爲了更好地爲中華民族的偉大復興提供精神動力。傳統的原生性保護爲古籍壽命的延長提供了有力保證，而諸如縮微拍攝、數字化、重新編輯出版等再生性保護則有效地解決了古籍保護與利用的矛盾。尤其是影印出版古籍不僅有利於古籍原件的保護，而且有利於直觀、準確地爲更多的讀者所利用。近些年來，中華古籍保護計畫中的《中華再造善本》的編纂出版就是影印古籍的典範之作，爲世人所矚目。在《中華再造善本》編纂出版項目帶動下，全國各古籍收藏單位積極發掘館藏珍本古籍，進行影印出版，通過化身千百與世人共享，取得了良好的社會效果。

江西自古以來有「物華天寶」、「人傑地靈」的美譽，「唐宋八大家」江西就有三家，文化底蘊非常深厚，以致著述家、藏書家、出版家代有興起，留下了大量文獻典籍，成爲中華古籍的重要組成部分。作爲江西藏書體系最爲完備的圖書館——江西省圖書館，其古籍藏量位居該省之冠，尤以地方文獻爲館藏特色，如宋慶元二年（一一九六）江西廬陵周必大刻《歐陽文忠公集》，堪稱宋代江西刻書的代表作；明崇禎江西分宜刻《宋應星四種》，則爲海内外孤本。近年來，在江西省委省政府的高度重視和關心下，在江西省文化廳的正確領導下，江西省圖書館的古籍保護工作取得了長足的進步，一大批古籍入選《國家珍貴古籍名録》，二〇〇九年還被國務院批准爲「全國古籍重點保護單位」。

爲做好古籍的保護、整理、開發、利用，江西省圖書館決定在古籍普查的基礎上，遴選館藏珍貴古籍編成《江西省圖書館館藏古籍珍本叢書》，分期影印出版。這一舉措，無疑對江西的古籍保護工作具有重要的促進作用，即對全國的古籍保護工作亦有重要意義。

中国國家圖書館館長 周和平

序 二

《江西省圖書館館藏古籍珍本叢書》（以下簡稱《叢書》）陸續出版發行。它既是江西圖書館事業上的一件盛事，也是江西文化工作中的一件喜事；既是一項功在當代、利在千秋的文化舉措，也是關係到子孫後代的宏偉事業。

贛鄱寶地，襟江帶湖，沃野千里，自古物華天寶，人傑地靈，在中華民族文明史上，書寫了光輝燦爛的篇章。

出版此套《叢書》，是歷史的使命。江西歷史上不僅經濟繁榮，而且詩文淵藪，是中國古代學術文化重鎮，孕育了陶淵明、歐陽修、曾鞏、王安石、文天祥、湯顯祖等一大批文學家，朱熹、陸九淵、歐陽守道、吴澄等一代理學宗師。儒學昌明，家學鼎盛，文學繁榮，催生了造紙業和雕版印刷業，江西在兩宋及元代曾以中國四大雕版印刷中心引人注目，吉州、袁州、撫州、饒州雕版印書業更是昌盛，直至明清時期，金溪和婺源依然延續了這種繁榮。因此，江西一地詩書綿延，蔚爲文獻大邦。

出版此套《叢書》，是社會的需求。編修整理典籍、發佈經典正本，是傳承文化的重要途徑；保護、研究、利用好地方古籍，是我們後世子孫繼承先賢的重要方式。江西優秀的古籍文獻負載着贛鄱文明，凝聚着江西智慧，不僅具有極大的歷史文物價值和文獻研究價值，而且在當前建設富裕和諧秀美江西、向文化大省跨越的進程中，亦有啟迪民智、古爲今用的重要作用。

出版此套《叢書》，是文化的責任。江西省圖書館作爲國家重點古籍保護單位，古籍藏量位居全省之冠，尤以江西地方文獻爲特色。爲更好地保護和利用古籍，自二〇一〇年起，該館決定從豐富的館藏古籍中甄選部分館藏珍本，分期影印出版，可以使珍貴的古籍化身千百，確保傳承的安全；可以擴大古籍善本的流通，促進其最大限度地傳播和利用。

因此，抓緊搶救和保護現存古籍，影印出版《江西省圖書館館藏古籍珍本叢書》，並對其進行深入而系統的研究、整理、開發和利用，使贛鄱文明世代相傳，推陳出新，使命光榮，責任重大。

目前，《叢書》已影印出版了《宋應星見存著作五種》、《湯顯祖批評花間集》和《仙屏書屋初集詩錄》三種十二冊，在社會上産生了廣泛而深遠的影響，成爲全省利用現代科技保護、利用優秀文化遺産的成功範例，爲保護江西地方文獻，推介江西地域文化做出了重要貢獻。

繼絶存真，傳本揚學。我們可以期待，《叢書》的陸續出版，能讓更多傳世孤罕的古籍，走出深閣大庫；《叢書》的陸續出版，能讓世人更加深切地體會到江西文化的厚重與輝煌，使贛鄱文明的薪火代代相傳。

江西省文化廳黨組書記、廳長

《陶靖節集》影印說明

陶淵明（三六五—四二七），字元亮。一云名潛，字淵明。號五柳先生，私謚靖節。尋陽柴桑（今江西九江市區西南）人。初爲州祭酒，以不堪吏職，自解歸。復爲鎮軍、建威參軍。旋爲彭澤令，又以「不能爲五斗米折腰」去職。自此「短褐穿結，箪瓢屢空」，「不戚戚於貧賤，不汲汲於富貴」，考終牖下。

淵明爲魏晉風流一大代表。自謂「性剛才拙，與物多忤」，嗜酒祿仕，高蹈獨善。既安道苦節，復沖淡自然，所謂「質性自然，非矯厲所得」。然淵明之尚自然不同於阮籍、嵇康之「越名教而任自然」。誠如陳寅恪所論：

淵明之思想爲承襲魏晉清談演變之結果及依據其家世信仰道教之自然説而創改之新自然説。惟其爲主自然説者，故非名教説，並以自然與名教不相同。但其非名教之意僅限於不與當時政治勢力合作，而不似阮籍、劉伶輩之佯狂任誕。蓋主新自然説者不須如主舊自然説之積極抵觸名教也。又新自然説不似舊自然説之養此有形之生命，或别學神仙，惟求融合精神於運化之中，即與大自然爲一體。因其如此，既無舊自然説形骸物質之滯累，自不致與周孔入世之名教説有所觸礙。故淵明之爲人實外儒而内道，捨釋迦而宗天師者也。推其造詣所極，殆與千年後之道教採取禪宗學説以改進其教義者，頗有近似之處。然則就其舊義革新，「孤明先發」而論，實爲吾國中古時代之大思想家，豈僅文學品節居古今之第一流，爲世所共知者而已哉！（《陶淵明之思想與清談之關係》）

淵明初以隱士名世。鍾嶸《詩品》推其爲「古今隱逸詩人之宗」，然列陶詩爲中品。梁蕭統始推尊淵明其人其作。淵明之詩，紹建安風骨，承正始之音，揚棄東晉玄言詩，戛戛獨造，夐出塵表。「唐人祖述者，王右丞有其清腴，孟山人有其閒遠，儲太祝有其朴實，韋左司有其沖和，柳儀曹有其峻潔，皆學焉而得其性之所近。」（沈德潛《説詩晬語》卷上）洎乎宋代，陶淵明始真正確立其在中國文學史上之地位。蘇子瞻謫居儋耳，與其弟子由書云：「淵明作詩不多，然其詩質而實綺，癯而實腴，自曹、劉、鮑、謝、李、杜諸人，皆莫及也。」（蘇轍《子瞻和陶淵明詩集引》）歷代「擬陶」、「和陶」相沿成風，代不乏人。子瞻前後和陶詩凡一百九首。

陶淵明的作品今存詩一二五首，辭賦三首，記傳贊述十三首，疏祭文四首，另有一些詩文疑爲僞作。

陶集有無自定本，迄今尚無定論。梁代以前陶集有一無序的八卷本和一有序目的六卷本，然「編比顛亂，兼復闕少」。梁代有蕭統所編八卷本，「合序、目、傳、誄，而少《五孝傳》及《四八目》，然編録有體，次第可尋」。北齊陽休之「録統所闕，並序目等，合爲一帙十卷」，此即陽休之本。以上諸本皆佚。

隋唐五代間，陶集之流傳略見於史志書目。《隋書·經籍志》載「《陶潛集》九卷」；《舊唐書·經籍志》載「《陶淵明集》五卷」；《新唐書·藝文志》載「《陶潛集》二十卷。又《集》五卷」。

陶集之有刻本始於北宋。其可注意者有二：（一）宋庠本。十卷。有校語，多存異文；開《述酒》詩注釋之先河。南宋時與蕭統本並行於世，是陶集主要傳本。今存陶集宋代諸刻本，多出自宋庠本。（二）思悦本。思悦，宋虎丘寺僧。思悦所編陶集十卷本乃「采拾衆本讎校重編」，復「以本朝宋丞相刊定之本，於疑缺處，甚有所補」。思悦本非善本。宋庠本、思悦本均已無存。

現存最早之陶集爲南宋刻本。南宋刻本較重要者如次。（一）曾紘本（汲古閣藏本）。《陶淵明集》十卷，宋刻遞修本。此本原爲北宋宣和六年（一一二四）曾紘刻本，南宋高宗初年重刻，高宗紹興後期補版。曾紘本乃現存陶集最早刻本。曾紘本係以宋庠本爲底本，而以他本爲參校本，共有校注異文七百餘處，

僅略次於曾集本。曾紘本亦是現存陶集宋刻最善之本。(二)曾集本。《陶淵明詩》一卷《雜文》一卷，宋紹熙三年(一一九二)曾集刻本。此本以宋庠本爲底本，而以他本爲參校本，共有校注異文八百餘處，在現存陶集宋刻本中爲最多。(三)焦竑藏本。《陶靖節先生集》八卷。此本爲宋刻本，未知存亡。有明萬曆三十一年(一六〇三)吴汝紀重刻本。焦本在蕭統本基礎上增入《五孝傳》，校訂異文兼採諸本，實爲蕭統本之别本。(四)蘇寫刻本(紹興本)。《陶淵明集》十卷，附紹興十年佚名跋。蘇寫本原爲宣和四年(一一二二)王仲良所刻。蘇寫本原刻當是以蘇軾手書上板。此本爲紹興十年(一一四〇)杭州或浙江地區影刻本。原刻本與紹興本皆佚。蘇寫本係以宋庠本爲底本，而以他本爲參校本，共有校注異文二百餘處。蘇寫本是現存惟一保存宋庠本目録之陶集宋刻本。有清康熙三十三年(一六九四)毛扆汲古閣摹刻紹興本。又有嘉慶十二年(一八〇七)京江魯銓影刻汲古閣摹刻本。(五)湯漢注本。《陶靖節先生詩》四卷，宋刻本。此本只收詩，後附《桃花源記》、《歸去來兮辭》。湯漢注本係以宋庠本爲底本，而以他本爲參校本，校注異文共一百餘處。湯漢注本將竄入陶集之詩從正文中删除，而附録於卷末；對異文有所取捨；並首創陶詩注，「清言微旨，抉出無遺」。湯漢，宋饒州安仁(今横峰縣)人，字伯紀，號東澗。理宗淳祐四年進士。累官至端明殿學士。謚文清。事蹟具《宋史》本傳。湯注本爲陶集注本始祖，系統、全面地注陶集由此始。

元李公焕《箋注陶淵明集》十卷《總論》一卷是陶集另一重要注本。李公焕，廬陵人，生平不詳。元刻《箋注陶淵明集》之《補注陶淵明集總論》題「廬陵後學李公焕集録」。明何孟春《陶集自記》稱李公焕爲元人。李公焕或爲宋末元初人。此本箋注原爲宋人所輯，李公焕僅輯録《總論》一卷。李公焕箋注本於湯注外兼採蔡氏注等，開後世集注之風；又兼採諸家評語置於詩後，開後世集評之風；所輯《總論》，則又開後世輯《淵明詩話》之風。

此次作爲《江西省圖書館館藏古籍珍本叢書》之四選印的《陶靖節集》十卷《總論》明萬曆四年周敬

松刻本，有勞堪《序》。堪字道亭，號廬岳，江西德化(今九江)人，故自謂柴桑里人。《藏園訂補郘亭知見傳本書目》著録此本：「《陶靖節集》十卷，(晉)陶潛撰，(宋)湯漢等箋注。《總論》一卷，(宋)李公焕輯。」又謂：「每詩後附諸家評論，皆宋人也。間亦有注。末列諸家跋，最末紹興十年無名氏跋。蓋亦據舊本刻行，特非佳本耳。」郭紹虞云：「今細核其内容，蓋亦爲李公焕本之翻刻者。」(《陶集考辨》)卷前有蕭統《陶淵明集序》、《陶淵明傳》。《總論》選録宋人論陶之語。卷一四言詩九首，卷二至四五言詩一百十七首，卷五雜文五首，卷六賦二首，卷七傳五首(《五孝傳》)、贊一首，卷八疏一首、祭文三首，卷九至十《集聖賢羣輔録》，附録四：颜延之《靖節徵士誄》、《北齊陽休之序録》、宋庠《宋朝宋丞相私記》、思悦《書靖節先生集後》。此本收録詩文頗全，《五孝傳》、《集聖賢羣輔録》、《問來使》、《歸園田居》其六、《四時》、《聯句》、《讀史述》、《扇上畫贊》等疑爲僞作者均予收録。此本半葉八行，行十八字，小字雙行同，白口，四周單邊，單白魚尾，開本宏闊，行格疏朗，刻印精美。版心下鎸刻工：龔宏、龔汝、宫寵、萬六七、肖大相、王賀、陳自性、陳林八、萬人紀等。

此次影印《陶靖節集》選用鉛山所産連四紙。連四紙，以毛竹爲原料，色白質細，吸水性佳，防蟲耐熱、久不變色。産江西、福建，尤以江西鉛山縣所産爲佳。後譌稱連史紙。舊時，凡貴重書籍、碑帖、契文、書畫、扇面等多用之。宋應星《天工開物》卷中「殺青第十三」「造皮紙」條云：「其最上一等」，「曰欜紗紙」；「其次曰連四紙，連四中最白者曰紅上紙。」以連四紙印《陶靖節集》，二美並具，珠聯璧合，洵爲書林佳事也。

《江西省圖書館館藏古籍珍本叢書》編輯委員會

二〇一三年九月

陶淵明集序

梁昭明太子統撰

夫自衒自媒者士女之醜行不忮不求者明達之用心是以聖人韜光賢人遁世其故何也含德之至莫踰於道親己之切無重於身故

道存而身安道亡而身害處百齡之内居一世之中倏忽比之白駒寄遇謂之逆旅宜乎與大塊而盈虚隨中和而任放豈能戚戚勞於憂畏汲汲役於人間齊謳趙女之娛八珍九鼎之食結駟連騎之榮

侈袂執圭之貴樂既樂矣憂亦隨之何倚伏之難量亦慶弔之相及智者賢人居之甚履薄冰愚夫貪士競之若洩尾閭玉之在山以見珍而終破蘭之生谷雖無人而自芳故莊周垂釣於濠伯成躬耕於野或貨海東之藥草或紡江南之落毛譬彼鴛雛豈競鳶鴟之肉猶斯雜縣寧勞文仲之牲至于子常甯喜之倫蘇秦衛鞅之匹死之而不疑甘之而不悔主父偃言生不五鼎食死則五鼎烹卒如其言豈

不痛哉又楚子觀周受折於孫滿
霍侯驂乘禍起於負芒饕餮之徒
其流甚衆唐堯四海之主而有汾
陽之心子晋天下之儲而有洛濱
之志輕之若脫屣視之若鴻毛而
況於他人乎是以至人達士因以

晦迹或懷釐而謁帝或被褐而負
薪鼓枻清潭棄機漢曲情不在於
衆事寄衆事以忘情者也有疑陶
淵明詩篇篇有酒吾觀其意不在
酒亦寄酒為迹者也其文章不群
辭彩精拔跌宕昭彰獨超衆類抑

揚奕朗莫之與京橫素波而傍流干青雲而直上語時事則指而可想論懷抱則曠而且真加以貞志不休安道苦節不以躬耕為恥不以無財為病自非大賢篤志與道汙隆孰能如此乎余素愛其文不

能釋手尚想其德恨不同時故加搜校粗為區目白璧微瑕惟在閑情一賦揚雄所謂勸百而諷一者卒無諷諫何足搖其筆端惜哉亡是可也并粗點定其傳編之于錄嘗謂有能觀淵明之文者馳競之

情遣鄙吝之意袪貪夫可以廉懦夫可以立豈止仁義可蹈抑乃爵祿可辭不必傍游泰華遠求柱史此亦有助於風教也

陶淵明集序終

重刻陶靖節集序

太史公述歷古仁賢軼事而亟稱由光義至高豈以其鴻冥塵表而土苴富貴也與世謂陶元亮貞處士之行豪沈詩酒屢空不入其心而睥睨一世抑亦由光之倫而梁昭明太子叙其文曰安道苦節爵祿可辭是則然

矣殆未睹其大較也夫避世之徒義在潔一身以脫屣世故其流風所披漸固可廉百世之貪而立其懦懸於君臣大義寔無與爲惡足爲綱常重也斯由光之義也元亮世爲晉臣當恭帝之末造宋王裕生心竊窺晉鼎元亮意欲取後漢諸葛武侯事而效

之以光扶宗社而蔑以籍手慨焉憤結是以有述酒荆軻之賦及裕孽成而晉事不可為也遂奉身而退寄傲于鳴泉豐草之間以抗徵辟起州祭酒謝去再起彭澤令又謝去是以有歸去來兮之賦元熙初裕還建康僭帝晉祚滅矣乃堅臥柴桑山下自謂

羲皇世人與釋遠劉遺民為物外交而托情詩酒不復問人間事以此自終是以有乞食閒居之賦夫迹其出而及其處也乃其心罔不在晉室故其卒在宋元嘉四年而考亭書曰晉處士陶潛吁獲其心矣此豈由光諸人無與君臣大義者倫哉雖其力不

能存晉于危亡之秋而篤念本朝恥
事二姓其大節之所標著有古志士
仁人之槩而非萬鍾千乘侯王之富
與貴所能惑而繒繳之者何異伯夷
薄周食首陽之薇以死而千百世之
下猶生之年也元亮沒而著作傳于
後者穆然清風發在簡素脩詞之林

咸推讓為先登豈直以文辭已乎而
名公大人之遊于余邦者以元亮為
邦之先哲輒彷徉臨望吊其故里已
復表其著作以裨風教至是憲副魏
公瀛江校其集司徒郎周公敬松又
重刻焉而使余為序

萬曆丙子歲秋七月朔日

賜進士出身中奉大夫山東布政使
司右布政使前四川提學副使棠
棠里人勞堪撰

陶靖節集序

陶淵明傳

昭明太子撰

陶淵明字元亮或云潛字淵明潯陽柴桑人也曾祖侃晉大司馬淵明少有高趣博學善屬文頴脱不群任眞自得嘗著五柳先生傳以自况曰先生不知何許人也亦不詳姓字宅邊有五柳樹（一本無樹字）因以為號焉閑静少言不慕榮利好讀書不求甚解每有會意欣然忘食性嗜酒而家貧不能恒得親舊知其如此或置酒招之造飲輒盡期在必醉既醉而退曾不悋情去留環堵蕭然不蔽風日短褐穿結簞瓢屢空晏如也嘗著文章自娛頗示己志忘懷得失以此自終時人謂之實錄親老家貧起為州祭酒不堪吏職少日自解歸州召主簿不就躬耕自資遂抱羸疾江州刺史檀道濟往候之偃卧瘠餒有日矣道濟謂曰賢者處世天下無道則隱有道

則至今子生文明之世柰何自苦如此對曰潛也何敢望賢志不及也道濟饋以梁肉麾而去之後為鎮軍建威叅軍謂親朋曰聊欲弦歌以為三徑之資可乎執事者聞之以為彭澤令不以家累自隨送一力給其子書曰汝旦夕之費自給為難今遣此力助汝薪水之勞此亦人子也可善遇之公田悉令吏種秫曰吾常得醉於酒足矣妻子固請種秔乃使二頃五十畝種秫

五十畝種粳歲終會郡遣督郵至縣吏請曰應束帶見之淵明歎曰我豈能為五斗米折腰向鄉里小兒即日解綬去職賦歸去來徵著作郎不就江州刺史王弘欲識之不能致也淵明嘗往廬山弘命淵明故人龐通之齎酒具於半道栗里之間邀之淵明有脚疾使一門生二兒舁一作轝籃輿既至欣然便共飲酌俄頃弘至亦無迕也先是顏延之為劉柳後軍功曹在潯陽與

淵明情欵後為始安郡經過潯陽日造淵明飲焉每往必酣飲致醉弘欲邀延之坐（一作赴坐）彌日不得延之臨去留二萬錢與淵明淵明悉遣送酒家稍就取酒嘗九月九日出宅邊菊叢中坐乆之滿手把菊忽值弘送酒至即便就酌醉而歸淵明不觧音律而蓄無弦琴（一作無絃素琴）一張每酒適輙撫弄以寄其意貴賤造之者有酒輙設淵明若先醉便語客我醉欲眠卿可去其真率

如此郡將常候之值其釀熟取頭上葛巾漉酒漉畢還復着之時周續之入廬山事釋惠遠彭城劉遺民亦遁迹匡山淵明又不應徵命謂之潯陽三隱後刺史檀韶苦請續之出州與學士祖企謝景夷三人共在城北講禮加以讐校所住公廨近於馬隊是故淵明示其詩云周生述孔業祖謝響然臻馬隊非講肆校書亦已勤其妻翟氏亦能安勤苦與其同志自以曾祖晉世

宰輔恥復屈身後代自宋高祖王業漸隆不復
肯仕元嘉四年將復徵命會卒時年六十三世
號靖節先生

陶靖節集

總論

蘇東坡曰吾於詩人無所好獨好淵明詩淵明作詩不多然質而實綺癯而實腴自曹劉鮑謝李杜諸人皆莫及也

東坡曰所貴於枯淡者謂外枯而中膏似淡而實美淵明子厚之流是也若中邊皆枯亦何足道佛言譬如食蜜中邊皆甜人食五味知其甘苦皆是能分別其中邊者百無一也

黄山谷跋淵明詩卷曰血氣方剛時讀此詩如嚼枯木及綿歷世事知決定無所用智又云謝康樂庾義城之詩鑪錘之功不遺餘力然未能窺彭澤數仞之墻者二子有意於俗人贊毀其工拙淵明直寄焉持是以論淵明亦可以知其關鍵也

山谷道人曰寧律不諧不使句弱用字不工不使語俗此庾開府之所長也然有意於為詩也至於淵明則所謂不煩繩削而自合者雖然巧於斧斤者多疑其拙窘於撿括者輙病其放孔子曰甯武子其智可及也其愚不可及也淵明之拙與放豈可為不知者道哉道人曰如我按指海印發光汝暫舉心塵勞先起說者曰若以法眼觀無

俗不眞若以世眼觀無眞不俗淵明之詩要當與一丘一壑者共之耳

山谷曰退之於詩本無解處以才高而好耳淵明不為詩寫其胸中之妙耳無韓之才與陶之妙而學其詩終樂天耳

胡仔苕溪漁隱叢話曰東坡在潁州時因歐陽叔弼讀元載傳歎淵明之絕識遂作詩云

淵明求縣令本緣食不足束帯向督郵小

屈未為辱翛然賦歸去豈不念窮獨重以
五斗米折腰營口腹云何元相國萬鍾不
滿欲胡椒銖兩多安用八百斛以此殺其
身何翅抵鵲玉往者不可悔吾其反自燭
淵明隱約栗里柴桑之間或飯不足也顏
延年送錢二萬即日送酒家與蓄積不知
紀極至藏胡椒八百斛者相去遠近豈直
睢陽蘇合彈與蜣蜋糞丸比哉

胡仔苕溪漁隱曰鍾嶸評淵明詩為古今隱逸
詩人之宗余謂陋哉斯言豈足以盡之不
若蕭統云淵明文章不群詞彩精拔跌宕
昭彰獨超衆類抑揚爽朗莫之與京橫素
波而傍流干青雲而直上語時事則指而
可想論懷抱則曠而且真加以貞志不休
安道苦節不以躬耕為恥不以無財為病
自非大賢篤志與道污隆孰能如是乎此

言盡之矣
陳后山曰鮑昭之詩華而不弱陶淵明之詩切於事情但不文耳
陳后山又曰右丞蘇州皆學陶正得其自在
楊龜山語錄曰淵明詩所不可及者沖澹深粹出於自然若曾用力學然後知淵明詩非著力所能成也
朱文公語錄曰晉宋人物雖曰尚清高然箇箇要官職這邉一面清談那邉一面招權納貨陶淵明眞个是能不要此所以高於晉宋人物
朱文公語錄曰作詩須從陶柳門中來乃佳不如是無以發蕭散沖澹之趣不免於局促塵埃無由到古人佳處
朱晦菴曰陶淵明詩平淡出於自然後人學他平淡便相去遠矣其後生見人做得詩好

銳意要學遂將淵明詩平仄用字一一依他做到一月後便解自做不要他本子方得作詩之法

朱晦菴又曰韋蘇州詩直是自在其氣象近道陶却是有力但詩健而意閒隱者多是帶性負氣之人為之陶欲有為而不能者也又好名韋則自在

葛常之韻語陽秋曰陶潛謝眺詩皆平澹有思致非後來詩人怵心劌目雕琢者所為也老杜云陶謝不枝梧風騷共推激紫燕自超詣翠駁誰剪剔是也大抵欲造平淡當自組麗中來落其紛華然後可造平淡之境如此則陶謝不足進矣今之人多作拙易詩而自以為平澹識者未嘗不絕倒也梅聖俞和晏相詩云因今適性情稍欲到平澹苦詞未圓熟刺口劇菱芡言到平澹

處甚難也李白云清水出芙蓉天然去彫飾平澹而到天然處則善矣

劉後村曰士之生世鮮不以榮辱得喪撓敗其天眞者淵明一生惟在彭澤八十餘日涉世故餘皆高枕北窓之日無榮惡乎辱無得惡乎喪此其所以為絶唱而寡和也二蘇公則不然方其得意也為執政侍從及其失意也至下獄過嶺晚更憂患於是始有和陶之作二公雖惓惓於淵明未知淵明果印可否

西清詩話曰淵明意趣眞古清淡之宗詩家視淵明猶孔門視伯夷也

蔡寬夫曰柳子厚之貶其憂悲憔悴之歎發於詩者特為酸楚卒以憤死未為達理白樂天似能脫屣軒冕者然榮辱得失之際銖銖校量而自矜其達每詩未嘗不著此意

是豈眞能忘之者哉亦力勝之耳惟淵明則不然觀其貧士責子與其他所作當憂則憂當喜則喜忽然憂樂兩忘則隨所寓而皆適未嘗有擇於其間所謂超世遺物者要當如是而後可觀三人之詩以意逆志人豈難見以是論賢不肖之實何可欺乎

陸象山曰詩自黄初而降日以漸薄惟彭澤一源來自天稷與衆殊趣而淡薄平夷玩嗜者少

陸象山又曰李白杜甫陶淵明皆有志於吾道

眞西山曰淵明之作宜自為一編以附于三百篇楚辭之後為詩之根本準則

魏鶴山曰世之辯證陶氏者曰前後名字之互變也死生歲月之不同也彭澤退休之年史與集所載之名異也然是所當考而非

其要也其稱美陶公者曰榮利不足以易其守也聲味不足以累其眞也文辭不足以溺其志也然是亦近之而其所以悠然自得之趣則未之深識也風雅以降詩人之辭樂而不淫哀而不傷以物觀物不牽於物吟咏性情而不累於情孰有能如公者乎有謝康樂之忠而勇退過之有阮嗣宗之達而不至於放有元次山之漫而不

著其迹此豈小小進退所能窺其際耶先儒所謂經道之餘因閒觀時因靜照物因時起志因物寓言因志發詠因言成詩因詠成聲因詩成音陶公有焉

休齋曰人之爲詩要有野意語曰質勝文則野蓋詩非文不腴非質不枯能始腴而終枯無中邊之殊意味自長風人以來得野意者淵明而已

雪浪齋日記曰為詩欲詞格清美當看鮑昭謝靈運欲渾成而有正始以來風氣當看淵明

楊文清公曰按詩中言本志少說固窮多夫惟忍於饑寒之苦而後能存節義之閑西山之所以有餓夫也世士貪榮祿事豪侈而高談名義自方於古之人余未之信也

按祁寬曰靖節先生以義熙元年秋為彭澤令其冬解綬去職時四十一歲矣後十六年晉禪宋又七年卒是為宋文帝元嘉四年南史及梁昭明太子傳不載壽年晉書隱逸傳及顏延之誄皆云年六十三以曆推之生於晉哀帝興寧三年乙丑歲張縯云先生辛丑游斜州詩言開歲倏五十若以詩為正則先生生於壬子歲自壬子至辛丑為年五十迄丁卯考終是得年七十六併記之

按張縯曰梁昭明太子傳稱陶淵明字元亮或

云潛字淵明顏延之誄亦云有晉徵士潯陽陶淵明以統及延之所書則淵明固先生之名非字也先生作孟嘉傳稱淵明先親君之第四女嘉於先生為外大父先生又及其先親義必以名自見豈得自稱字哉統與延之所書可信不疑晉史謂潛字元亮南史謂潛字淵明皆非也先生於義熙中祭程氏妹亦稱淵明至元嘉中對檀道濟之言則云潛也何敢望賢年譜云在晉名淵明在宋名潛元亮之字則未嘗易此言得之矣

陶靖節集目錄

卷之一

詩四言

停雲 并序
時運 并序
榮木 并序
贈長沙公 并序
酬丁柴桑
答龐參軍 并序
勸農
命子
歸鳥

卷之二

詩五言

形贈影 并序
影答形

神釋
九日閒居 幷序
歸園田居 六首
問來使
遊斜川 幷序
示周祖謝三郎
乞食
遊周家墓柏下

怨詩楚調示龐主簿鄧治中
答龐參軍 幷序
五月旦作和戴簿
連雨獨飲
移居 二首
和劉柴桑
酬劉柴桑
和郭主簿 二首

扵王撫軍座送客
別殷晉安 幷序
贈羊長史 幷序
和張常侍
和胡西曹示顧賊曹
悲從弟仲德

卷之三

詩五言

始作鎮軍參軍經曲阿
庚子歲五月中從都還阻風 二首
辛丑歲七月赴假還江陵
癸卯歲始春懷古田舍 二首
癸卯十二月中作與從弟敬遠
乙巳歲三月使都經錢溪
還舊居
戊申歲六月遇火

自性

己酉歲九月九日
庚戌歲九月中扵西田穫早稻
丙辰歲八月中扵下潠田舍穫
飲酒 二十首
止酒
述酒
責子
有會而作 幷序
蜡日
四時

卷之四

詩五言

擬古 九首
雜詩 十一首
詠貧士 七首
詠二疏

詠三良
詠荆軻
讀山海經十三首
挽歌辭三首
聯句

卷之五

雜文
桃花源記并詩

歸去來辭
五柳先生傳并贊
孟府君傳并贊
讀史述九章

卷之六

賦
感士不遇賦并序
閑情賦

卷之七

傳　贊

天子孝傳贊
諸侯孝傳贊
卿大夫孝傳贊
士孝傳贊
庶人孝傳贊
扇上畫贊

肖大相

卷之八

疏　祭文

與子儼等疏
祭程氏妹文
祭從弟敬遠文
自祭文

卷之九

集聖賢群輔録上

卷之十

集聖賢群輔錄下

附錄

靖節徵士誄

序錄

集私記

集後書

陳[illegible]

陶靖節集目錄終

陶靖節集卷之一

詩四言

劉後村曰四言自曹氏父子王仲宣陸士衡後惟陶公最高停雲榮木等篇殆突過建安矣又曰四言尤難以三百五篇在前故也

停雲 并序

停雲思親友也罇湛新醪 湛讀曰沉 園列初

榮願言不從歎息彌襟

靄靄停雲濛濛時雨八表同昏平路伊阻靜寄東軒春醪獨撫良朋悠邈搔首延佇

停雲靄靄時雨濛濛八表同昏平陸成江 二句盖寓飈回霧塞陵遷谷變之意 有酒有酒閒飲東窗願言懷人舟車靡從

東園之樹枝條再榮競用新好以招余情 謂相招以事新軌也 人亦有言日月于征安得促席說彼平生

翩翩飛鳥息我庭柯歛翮閒止好聲相和豈無他人念子寔多願言不獲抱恨如何

高元之曰以停雲名篇乃周詩六義二曰賦四曰興之遺義也

時運并序

時運游暮春也春服既成景物斯和偶影獨游欣慨交心

邁邁時運穆穆良朝襲我春服薄言東郊山滌

肖大相

餘靄宇曖微霄有風自南翼彼新苗洋洋平津乃漱乃濯邈邈遐景載欣載矚矚之欲切視也稱心而言人亦易足揮茲一觴陶然自樂延目中流悠悠清沂魚依切水名出泰山童冠齊業閒詠以歸我愛其靜寤寐交揮但恨殊世邈不可追斯晨斯夕言息其廬花藥分列林竹翳如清琴橫床濁酒半壺黃唐莫逮慨獨在余史記曰黄帝為有熊帝堯為陶唐

湯東澗曰閒詠以歸我愛其靜靜之為
言謂其無外慕也亦庶乎知浴沂者之
心矣

榮木 幷序

榮木念將老也日月推遷已復有夏總
角聞道白首無成

采采榮木結根于茲晨耀其華夕已喪之人生
若寄顦顇與憔悴同有時靜言孔念中心悵而

采采榮木于茲托根繁華朝起慨暮不存貞脆
由人禍福無門匪道曷依匪善奚敦

嗟予小子稟茲固陋徂年既流業不增舊志彼
不舍安此日富或曰志當作忘荀子功在不舍詩一醉日富蓋自咎其廢學而樂飲云爾我之懷矣怛焉內疚

先師遺訓余豈云墜四十無聞斯不足畏脂我
名車策我名驥千里雖遙孰敢不至

趙泉山曰四十無聞斯不足畏按晉元

興三年甲辰劉敬宣以破桓歆功遷建威將軍江州刺史鎮潯陽辟靖節參其軍事時靖節年四十也靖節當年抱經濟之蕴藩輔交辟遭時不競將以振復宗國為已任回翔十載卒屈于戎幕佐吏用是志不獲騁而良圖弗集明年決策歸休矣

贈長沙公族祖 并序

長沙公於余為族（一作余於長沙公為族）祖同出大司馬（漢高帝時陶舍）昭穆既遠已為路人經過潯陽臨別贈此

同源分流人易世疎慨然寤歎念兹厥初禮服遂悠歲月眇徂感彼行路眷然躊躇

於穆令族允構斯堂諧氣冬暄映懷圭璋爰采春花載警秋霜我曰欽哉實宗之光

伊余云遘在長忘同笑言未久逝焉西東遥遥

三湘（寰宇記湘潭湘鄉湘源為三湘）滔滔九江山川阻遠行李
時通
何以寫心貽此話言進簣雖微終焉為山敬哉
離人臨路悽然欵襟或遼音問其先

楊誠齋曰同源分流人易世疎慨然竊
歎念玆厥初老泉族譜引正淵明詩意
而淵明字少意多尤可涵泳

西蜀張縯辨證曰年譜以此詩為元嘉

乙丑作按晉書載長沙公侃卒長子夏
以罪廢次子瞻之子宏襲爵宏卒子綽
之嗣綽之卒子延壽嗣宋受晉禪延壽
降為吳昌侯若謂詩作於元嘉則延壽
已改封吳昌非長沙矣先生詩云伊余
云遘在長忘同盖先生世次為長視延
壽乃諸父行序云余於長沙公為族或
云長沙公於余為族皆以族字斷句不

稱為祖盖長沙公為大宗之傳先生不
欲以長自居故詩稱於穆令族序稱於
余為族又云我曰欽哉實宗之光皆敬
宗之義也如年譜以族祖族孫為稱乃
是延壽之子延壽已為吳昌侯其子又
安得稱長沙公哉要是此詩作於延壽
未改封之前

酬丁柴桑 柴桑潯陽故里

有客有客爰來爰止秉直司聰于惠百里飡勝
如歸聆善若始
匪惟諧也屢有良由載言載眺以寫我憂放歡
一遇既醉還休寔欣心期方從我遊

答龐參軍 并序

龐為衛軍參軍從江陵使上都過潯陽
見贈

衡門之下有琴有書載彈載詠爰得我娛豈無

他好樂是幽居朝爲灌園夕偃蓬廬
人之所寶尚或未珍不有同愛云胡以親我求良友寔覯懷人懽心孔洽棟宇惟鄰（時新居南里之南村即粟里鄰新居鄰也）
伊余懷人欣德孜孜我有旨酒與汝樂之乃陳好言乃著新詩一日不見如何不思
嘉遊未斁誓將離分送爾于路銜觴無欣依依舊楚邈邈西雲之子之遠良話曷聞

昔我云别倉庚載鳴今也遇之霰雪飄零大藩有命作使上京豈忘宴安王事靡寧
慘慘寒日肅肅其風翩彼方舟容裔江中勗哉征人在始思終敬茲良辰以保爾躬

勸農

悠悠上古厥初生人傲然自足抱朴含真智巧既萌資待靡因誰其贍之實賴哲人
哲人伊何時爲后稷贍之伊何實曰播殖舜既

躬耕禹亦稼穡遠若周典八政始食

熙熙令音猗猗原陸卉木繁榮和風清穆紛紛

士女趨時競逐桑婦宵征農夫野宿

氣節易過和澤難久冀缺攜儷左傳僖三十三年舅季使過冀見冀缺耨其妻饁之敬相待如賓與之歸沮溺結耦相彼賢達猶勤

壟畝矧伊衆庶曳裾拱手

民生在勤勤則不匱宴安自逸歲暮奚冀儋石

不儲儋石言一儋一石應劭曰齊人名甖為儋石受二斛漢書音義曰儋一斗之儲饑

寒交至顧爾儔列能不懷愧

孔耽道德樊須是鄙董樂琴書田園不履若能

超然投迹高軌敢不斂衽敬讚德美

命子

悠悠我祖爰自陶唐邈為虞賓歷世重光陶世之先曰伊祈氏升唐侯為天子後遜于虞作游陶丘故號陶唐氏而謚曰堯堯取散宜氏之女曰女皇生丹朱復有庶子九人及舜初郊于唐以丹朱為尸因封於唐御龍勤夏豕韋

翼商時董父好龍舜命豢龍於陶丘而堯之庶子奉堯之祀於陶丘者或世業豢龍遂

帝孔甲時天降雌雄龍二于廷有劉累者實堯之裔累以擾育豢龍事孔甲賜之姓御龍氏龍一雌死帝既饗復求御龍氏懼遷魯山祝融之後封於豕韋商武丁滅之以封劉累之胄

穆司徒左傳載商民七族陶氏其一也陶氏授民是爲司徒蓋豕韋之後陶姓始經見於此

厥族以昌原陶姓氏族之所自來也

紛紛戰國漠漠衰周鳳隱於林幽人在丘逸虯遶雲虯奇摎切俗作蛇非無角龍也奔鯨駭流二句喻狂暴縱横之亂也天集有漢眷予愍侯高帝功臣表開封愍侯陶舍以左司馬從漢破代封侯

於赫愍侯運當攀龍撫劒夙邁顯茲武功書誓

山河啓土開封高帝與功臣盟云使黃河如帶泰山如礪國以永存爰及苗裔書誓山河謂此盟也

亹亹丞相孝景二年陶青爲丞相允迪前蹤

渾渾長源蔚蔚洪柯群川載導衆條載羅三句喻枝派之分散

時有語默運因隆窊窊烏瓜切下也二句言陶青之後未有顯者也

在我中晉業融長沙按別傳陶侃字士衡仕中晉在軍四十一載位至八州都督封長沙郡公薨於成帝咸和九年追贈大司馬諡曰桓

桓桓長沙伊勳伊德天子疇我專征南國功遂辭歸臨寵不忒孰謂斯心而近可得言長沙公心期之高

遠也

肅矣我祖慎終如始直方二臺惠和千里陶茂麟譜以岱為祖按此詩云惠和千里當從晉史以茂為祖陶茂為武昌太守於皇仁考淡焉虛止寄迹風雲寘兹慍喜父姿城太守生五子〻史失載

嗟余寡陋瞻望弗及顧慚華鬢負影隻立三千之罪無後為急我誠念哉呱聞爾泣

卜云嘉日占亦良時名汝曰儼字汝求思溫恭朝夕念兹在兹尚想孔伋庶其企而孔伋因求思而言韋玄成詩誰謂華高企其齊而誰謂德難厲其庶而

龔宗刊

厲夜生子遽而求火莊子天地篇厲之人半夜生其子遽取火而視之汲汲然惟恐其似己也凡百有心奚特於我既見其生實欲其可人亦有言斯情無假

日居月諸漸免于孩福不虛至禍亦易來夙興夜寐願爾斯才爾之不才亦已焉哉

張縯曰先生高蹈獨善宅志超曠視世事無一可芥其中者獨於諸子拳拳訓

誨有命子詩有責子詩有告儼等疏先生旣厚積於躬薄取於世其後宜有興者而六代之際迄無所聞此亦先生所謂天道幽且遠鬼神茫昧然者也靖節之裔不見於傳獨袁郊甘澤謠云陶峴彭澤之後開元中家于崑山又曰杜子美嘲先生云有子賢與愚何其掛懷抱此固以文為戲耳驥子好男兒若以是嘲子美譽兒亦豈不可哉

趙泉山曰靖節之父史逸其名惟載於陶茂麟家譜而其行事亦無從考見惟命子詩曰於皇仁考淡焉虛止寄迹風雲冥茲慍喜其父子風規蓋相類

歸鳥

翼翼歸鳥晨去于林遠之八表近憩雲岑憩起例切息也和風不洽翻翮求心託言歸而求志下文豈思天路意同顧儔相鳴景庇清陰

翼翼歸鳥載翔載飛雖不懷游見林情依遇雲頡頏相鳴而歸遐路誠悠性愛無遺

翼翼歸鳥馴林徘徊豈思天路欣及舊棲雖無昔侶衆聲每諧日夕氣清悠然其懷

翼翼歸鳥戢羽寒條游不曠林宿則森標晨風清興好音時交矰繳奚施（繳之若切矰矢射也生絲縷也）已卷安勞（卷與倦同）

陶靖節集卷之一

陶靖節集卷之二

詩五言

形影神三首

貴賤賢愚莫不營營以惜生斯甚惑焉故極陳形影之苦言神辨自然以釋之好事君子共取其心焉

形贈影

天地長不没山川無改時草木得常理霜露榮悴之謂人最靈智獨復不如茲適見在世中奄去靡歸期奚覺無一人親識豈相思但餘平生物舉目情悽洏洏如之切涕流貌我無騰化術必爾不復疑願君取吾言得酒莫苟辭

影答形

存生不可言衛生每苦拙誠願游崑華邈然茲道絶與子相遇來未嘗異悲悅憩蔭若暫乖止日終不別此同既難常黯爾俱時滅身没名亦

盡念之五情熱立善有遺愛胡為不自竭酒云能消憂方此詎不劣

神釋

大鈞無私力萬理自森著人為三才中豈不以我故與君雖異物生而相依附結託善惡同安得不相語三皇大聖人今復在何處彭祖壽永年欲留不得住彭祖姓籛名鏗顓頊玄孫進雉羹於堯堯封於彭城歷夏經殷至周年八百歲老少同一死賢愚無復數日醉或能忘將非促齡具立善常所欣誰當為汝譽日醉釋前篇立善釋後篇甚念傷吾生正宜委運去縱浪大化中不喜亦不懼應盡便須盡無復獨多慮

鶴林曰人為三才中豈不以我故我神自謂也人與天地並立而為三以此心之神也若塊然血肉豈足以並天地哉末縱浪大化中四句是不以死生禍福動其心泰然委順養神之道也淵明可

謂知道之士矣

九日閑居 并序

余閑居愛重九之名秋菊盈園而持醪靡由空服九華寄懷於言

世短意常多斯人樂久生日月依辰至舉俗愛其名露淒暄風息氣澈天象明往鷰無遺影來鴈有餘聲酒能祛百慮菊為制頹齡如何蓬廬士空視時運傾空視時運傾指易代之事塵爵恥虛罍寒華徒自榮斂襟獨閑謠緬焉起深情棲遲固多娛淹留豈無成淹留無成騷人語也今反之謂不得於彼則得於此後棲遲詎為拙亦同

古詩云人生不滿百常懷千歲憂而淵明以五字盡之曰世短意常多東坡曰意長日月促則倒轉陶句耳

歸園田居 六首

其一

少無適俗韻性本愛丘山誤落塵網中一去三十年羈鳥戀舊林池魚思故淵開荒南野際守拙歸園田方宅十餘畝草屋八九間榆柳蔭後園桃李羅堂前曖曖遠人村依依墟里煙狗吠深巷中鷄鳴桑樹巔戸庭無塵雜虚室有餘閑久在樊籠裏復得返自然

冷齋夜話曰東坡嘗云淵明詩初視若散緩熟視有奇趣如曰曖曖遠人村依依墟里煙狗吠深巷中鷄鳴桑樹巔又曰採菊東籬下悠然見南山大率才高意遠則所寓得其妙遂能如此如大匠運斤無斧鑿痕不知者則疲精力至死不悟

其二

野外罕人事窮巷寡輪鞅白日掩荊扉虚室絕塵想時復墟曲中披草共來往相見無雜言但

道桑麻長桑麻日已長我上日已廣常恐霜霰至零落同草莽

其三

種豆南山下草盛豆苗稀晨興理荒穢帶月荷鋤歸道狹草木長夕露沾我衣衣沾不足惜但使願無違前漢楊惲傳田彼南山蕪穢不治種一頃豆落而為萁人生行樂耳須富貴何時

東坡曰以夕露沾衣之故而違其所願

者多矣

其四

久去山澤游浪莽林野娛試携子姪輩披榛步荒墟徘徊丘壠間依依昔人居井竈有遺處桑竹殘朽株借問採薪者此人皆焉如薪者向我言死沒無復餘一世異朝市此語眞不虛人生似幻化終當歸空無

其五

悵恨獨策還崎嶇歷榛曲、山澗清且淺遇以濯吾足漉我新熟酒隻鷄招近局日入室中闇荊薪代明燭歡來苦夕短已復至天旭

其六

種苗在東皐苗生滿阡陌雖有荷鋤倦濁酒聊自適日暮巾柴車路暗光已夕歸人望煙火稚子候簷隙問君亦何為百年會有役但願桑麻成蠶月得紡績素心正如此開徑望三益

韓子蒼曰田園六首末篇乃序行役與前五首不類今俗本乃取江淹種苗在東皐為末篇東坡亦因其誤和之陳述古本止有五首予以為皆非也當如張相國本題為雜詠六首江淹雜擬詩亦頗似之但開徑望三益此一句不類

東澗曰但願桑麻成蠶月得紡績則與陶公語判然矣

問來使

爾從山中來早晚發天目山名在武林我屋南窗下今生幾叢菊薔薇葉已抽秋蘭氣當馥歸去來山中山中酒應熟

西清詩話曰此節獨南唐與晁文元家二本有之

東澗曰此盖晚唐人因太白感秋詩而僞為之

遊斜川 并序

辛丑正月五日天氣澄和風物閑美與二三鄰曲同遊斜川臨長流望曾城駱庭芝云曾城落星寺也殆晋之所存者魴鯉躍鱗於將夕水鷗乘和以翻飛彼南阜者名實舊矣不復乃為嗟歎若夫曾城傍無依接獨秀中皐遥想靈山有愛嘉名天問崑崙縣圃其尻安在增城九重其高幾里淮南子崑崙中有增城九重注云中有五城十二樓故云

靈山嘉名欣對不足率爾賦詩悲日月之遂往悼吾年之不留各踈年紀鄉里以記其時日

開歲倏五日吾生行歸休念之動中懷及辰為茲游氣和天惟澄班坐依遠流弱湍馳文（湍急瀨也）魴閑谷矯鳴鷗迥澤散游目綿然睇曾丘雖微九重秀（九重注見上）顧瞻無匹儔提壺接賓侶引滿更獻酬未知從今去當復如此否中觴縱遙情忘彼千載憂且極今朝樂明日非所求

按辛丑歲靖節年三十七詩曰開歲倏五十乃義熙十年甲寅以詩語證之序為誤今作開歲倏五日則與序中正月五日語意相貫

示周續之祖企謝景夷三郎（時三人皆講禮校書）

負痾頹簷下終日無一欣藥石有時閑念我意中人相去不尋常道路邈何因周生述孔業祖

謝響然臻薦禰表擧士響臻道喪向千載今朝復斯聞
馬隊非講肆校書亦已勤老夫有所愛思與爾
為鄰願言誨諸子從我潁水濱春秋云尭朝許由於沛澤之中日請屬天下於夫子許由遂之箕山之下潁水之陽
泉山曰按靖節不事覲謁惟至田舍及
廬山游觀舍是無他適續之自社主遠
公順寂之後雖隱居廬山而州將毎相
招引頗從之游世號通隱是以詩中引
箕潁之事徵譏之

乞食

饑來驅我去不知竟何之行行至斯里叩門拙
言辭主人解余意遺贈豈虛來談話終日夕觴
至輒傾盃情欣新知歡言詠遂賦詩感子漂毋
惠愧我非韓才銜戢知何謝冥報以相貽
東坡曰淵明得一食至欲以冥謝主人
哀哉哀哉此大類丐者口頰也非獨余

哀之舉世莫不哀之也饑寒常在身前功名常在身後二者不相待此士之所以窮也

諸人共游周家墓栢下

今日天氣佳清吹與鳴彈吹尺偽切噓也感彼栢下人安得不為歡清歌散新聲綠酒開芳顏未知明日事余襟良已殫

怨詩楚調示龐主簿遵鄧治中

天道幽且遠鬼神茫昧然結髮念善事僶俛六九年弱冠逢世阻始室喪其偏其年二十喪偶繼取翟氏炎火屢焚如螟蜮恣中田蔡氏注蜮虫水中含沙射人非食苗桑虫意此螟蜮當是螟蟘風雨縱橫至收歛不盈廛夏日長抱饑寒夜無被眠造夕思鷄鳴及晨願烏遷謂日烏月兎飛走之速也在己何怨天離憂悽目前吁嗟身後名於我若浮煙慷慨獨悲歌鍾期信為賢

薛易簡正音集云琴之操弄約五百餘

名多緣古人幽憤不得志而作也今引子期知音事而命篇曰怨詩楚調庸非度調爲辭欲被絃歌乎

趙泉山曰集中惟此詩歷叙平素多艱如此而一言一字率直致而務紀實也

答龐參軍 并序

三復來貺欲罷不能自爾鄰曲冬春再交欵然良對忽成舊游俗諺云數面成親舊况情過此者乎人事好乖便當語離楊公所歎豈惟常悲吾抱疾多年不復爲文本既不豐(謂癯瘁也)復老病繼之輒依周孔往復之義且爲别後相思之資

(楊公楊朱也)

相知何必舊傾蓋定前言有客賞我趣每每顧林園談諧無俗調所說聖人篇或有數斗酒閑飲自歡然我實幽居士無復東西緣物新人惟

舊蒻毫多所宣情通萬里外形跡滯江山君其愛體素曹子建詩王其愛玉體來會在何年

五月旦作和戴主簿

虛舟從逸棹回復遂無窮發歲始俛仰星紀奄將中南窓罕悴物北林榮且豐神淵寫時雨晨色奏景風史記律書景風者居南方景者言陽道竟故曰景風既來孰不去人理固有終居常待其盡曲肱豈傷冲遷化或夷險肆志無窊隆即事如已高何必升華嵩

連雨獨飲

運生會歸盡終古謂之然世間有松喬於今定何閒故老贈余酒乃言飲得仙試酌百情遠重觴忽忘天天豈去此哉任真無所先雲鶴有奇翼八表須臾還自我抱茲獨僶俛四十年形骸久已化心在復何言

趙泉山曰按晉傳靖節未嘗有喜慍之色唯遇酒則飲時或無酒亦雅詠不輟

飲酒詩云不覺知有我安知物為貴猶飲詩云試酌百情遠重觴忽忘天天豈去此哉任真無所先此酒中實際理地也豈狂藥昏瞢之語

移居 二首

其一

昔欲居南村即栗里也非為卜其宅聞多素心人樂與數晨夕懷此頗有年今日從茲役敝廬何必廣取足蔽床席鄰曲時時來指顏延年殷景仁龐通之輩抗言談在昔奇文共欣賞奇文見王褒傳疑義相與析

其二

春秋多佳日登高賦新詩過門更相呼有酒斟酌之農務各自歸閒暇輒相思相思則披衣言笑無厭時此理將不勝音升任也無為忽去茲言此樂不可勝無為舍而去之韓子亦曰樂之終身不厭何暇外慕衣食當須紀力耕不吾欺

和劉柴桑 遺民嘗作柴桑令

山澤久見招胡事乃躊躇直爲親舊故未忍言索居良辰入奇懷挈杖還西廬時遺民約靖節隱山結白蓮社靖節雅不欲預其社列但時復往還於廬阜閒荒塗無歸人時時見廢墟茅茨已就治新疇復應畬爾雅田三歲曰畬靖節自庚戌徙居南村已再稔矣今秋穫後復應畬也谷風轉淒薄爾雅釋云東風謂之谷風春醪解饑劬弱女雖非男慰情良勝無栖栖世中事歲月共相疎耕織稱其用過此奚所須去去百年外身名同翳如

趙泉山曰谷風轉淒薄四句雖出於一時之諧謔亦可謂巧於處窮矣以弱女喻酒之醨薄饑則濡枯腸寒則若挾纊曲盡貧士嗜酒之常態

酬劉柴桑

窮居寡人用時忘四運周櫚庭多落葉慨然已知秋新葵鬱北牖嘉穟養南疇今我不爲樂知

有來歲不命室携童弱良日登遠游

和郭主簿二首

其一

藹藹堂前林中夏貯清陰凱風因時來回飇開我襟息交遊閑業卧起弄書琴園蔬有餘滋舊穀猶儲今營己良有極過足非所欽舂秫作美酒酒熟吾自斟弱子戲我側學語未成音此事真復樂聊用忘華簪遥遥望白雲懷古一何深

其二

和澤周三春清凉素秋節露凝無游氛天高風景澈陵岑聳逸峯遥瞻皆奇絶芳菊開林耀青松冠巖列懷此貞秀姿卓為霜下傑銜觴念幽人千載撫爾訣檢素不獲展厭厭竟良月

於王撫軍座送客

秋日凄且厲百卉具已腓（四月詩云秋日凄凄百卉具腓集本作各傳寫之誤）爰以履霜節登高餞將歸寒氣冒山澤游

雲倏無依洲渚四緬邈風水互乖違瞻夕欲良讌離言聿云悲晨鳥暮來還懸車歛餘輝淮南子曰至悲泉是謂懸車逝止判殊路旋駕悵遲遲目送回舟遠情隨萬化遺

按年譜此詩宋武帝永初二年辛酉秋作也宋書王弘名元休為撫軍將軍江州刺史庾登之為西陽太守今黃州被徵還謝瞻為豫章太守今洪州將赴郡王弘送至湓口今潯陽之湓浦三人於此賦詩敘別是必元休要靖節預席餞行故文選載謝瞻即席集別詩首章紀座間四人

與殷晉安別景仁名鐵

殷先作晉安南府長史掾因居潯陽後作太尉劉裕參軍移家東下作此以贈

遊好非久長一遇盡殷勤懶真子云遊好非久長一本作非少長具意云吾與子非少時長時遊從也但今一相遇故定交耳信宿酬清話益復

知為親去歲家南里薄作少時鄰負杖肆游從淹留忘宵晨語默自殊勢亦知當乖分未謂事已及與言在茲春飄飄西來風悠悠東去雲山川千里外言笑難為因良才不隱世江湖多賤貧脫有經過便念來存故人

贈羊長史 松齡

左軍羊長史銜使秦川關中作此與之

愚生三季後慨然念黃虞得知千載外正賴古

人書山谷云正賴古人書蓋當時語或作上賴甚失語意賢聖留餘跡事事在中都洛陽西晉之故都長安乃秦漢所都豈忘游心目關河不可踰九域甫已一謂宋公裕始平一燕秦也逝將理舟輿聞君當先邁負痾不獲俱時松齡銜左將軍朱齡石之命詣裕行府賀平關洛原詩意靖節初欲從松齡訪關洛會病不果行路若經商山為我少躊躇多謝綺與甪精爽今何如紫芝誰復採深谷久應蕪駟馬無貰患貰待夜切賒也貸也貧賤有交娛清謠結心曲人乖運見疎擁懷累代下言盡

意不舒

胡仔曰淵明高風峻節固已無愧於四皓然猶仰慕之足見其好賢尚友之心

湯東澗曰天下分裂而中州賢聖之迹不可得而見今九土既一則五帝之所連三王之所爭宜當首訪而獨多謝於商山之人何哉蓋南北雖合而世代將易但當與綺甪遊耳遠矣深哉

歲暮和張常侍

市朝悽舊人驟驥感悲泉（悲泉見前驟驥言白駒之過隙）明旦非今日歲暮余何言素顔斂光潤白髮一已繁闊哉秦穆談旅力豈未愆向夕長風起寒雲沒西山厲厲氣遂嚴紛紛飛鳥還民生鮮長在矧伊愁苦纏屢闕清酤至（酤一宿酒也）無以樂當年窮通靡攸慮顦顇由化遷撫己有深懷履運增慨然

湯東澗曰陶公不事異代之節與子房五世相韓之義同既不爲徂擊震動之舉又時無漢祖者可托以行其志所謂撫已有深懷履運增慨然讀之亦可以深悲其志也矣

和胡西曹示顧賊曹

蕤賓五月中史記律書五月律中蕤賓陰氣幼少故曰蕤蕤萎也陽不用事故曰賓清朝起南颸颸息玆切風也不駛亦不遲駛踈吏切疾也飄飄

吹我衣重雲蔽白日閑雨紛微微流目視西園曄曄榮紫葵於今甚可愛奈何當復衰感物願及時每恨靡所揮悠悠待秋稼寥落將賒遲逸想不可淹猖狂獨長悲

悲從弟仲德

銜哀過舊宅悲淚應心零借問爲誰悲懷人在九冥禮服名群從恩愛若同生門前執手時何意爾先傾在數竟未免爲山不及成慈母沉哀

湯東澗曰陶公不事異代之節與子房五世相韓之義同既不為狙擊震動之舉又時無漢祖者可託以行其志所謂撫己有深懷履運增慨然讀之亦可以深悲其志也矣

和胡西曹示顧賊曹

蕤賓五月中史記律書五月律中蕤賓陰氣幼少故曰蕤萎也陽不用事故曰賓清朝起南颸颸息茲切風也不駛亦不遲駛疏吏切疾也飄飄吹我衣重雲蔽白日閑雨紛微微流目視西園曄曄榮紫葵於今甚可愛奈何當復衰感物願及時每恨靡所揮悠悠待秋稼寥落將賒遲逸想不可淹猖狂獨長悲

悲從弟仲德

銜哀過舊宅悲淚應心零借問為誰悲懷人在九冥禮服名群從恩愛若同生門前執手時何意爾先傾在數竟未免為山不及成慈母沉哀